中华传奇人物故事汇

蚩尤

贾墨冰 著

中华书局

图书在版编目(CIP)数据

蚩尤/贾墨冰著. —北京:中华书局,2019.6(2019.6重印)
(中华传奇人物故事汇)
ISBN 978－7－101－13820－7

I.蚩…　II.贾…　III.历史故事－中国－当代　IV.I247.81

中国版本图书馆CIP数据核字(2019)第050089号

书　　名	蚩　尤
著　　者	贾墨冰
丛 书 名	中华传奇人物故事汇
责任编辑	王鹏飞　董邦冠
出版发行	中华书局
	(北京市丰台区太平桥西里38号　100073)
	http://www.zhbc.com.cn
	E－mail:zhbc@zhbc.com.cn
印　　刷	北京瑞古冠中印刷厂
版　　次	2019年6月北京第1版
	2019年6月北京第2次印刷
规　　格	开本/787×1092毫米　1/32
	印张3　插页2　字数42千字
印　　数	10001－30000册
国际书号	ISBN 978－7－101－13820－7
定　　价	15.00元

出版说明

　　远古时期，元谋人、蓝田人、北京人、山顶洞人，先后在中华大地上繁衍生息，留下了生活的遗迹。距离今天四五千年前，活动于红山文化遗址、良渚文化遗址等地区的先民，不只留下了生活的遗迹，还创造了早期中国的文明，为中华民族五千年繁荣昌盛的华彩乐章谱写了美妙的序曲。

　　他们的真实生活虽不见于史籍记载，几千年来却流传着很多关于他们的故事。如盘古开天辟地，女娲炼石补天，神农遍尝百草，后羿射日，大禹治水……这些迷人的故事不仅带给我们奇幻瑰丽的文学想象，还体现了华夏先民对自然世界的认知，对美好生活的向往，记录了他们走出蛮荒、迈向文明的艰辛历程。

这些带有神话色彩的人物，是在蛮荒的世界里披荆斩棘的英雄，是不怕艰险、不畏强暴、不惧牺牲的民族精神的化身。

他们的名字，他们的故事，如一幕幕传奇，经久不息地流传在华夏大地。他们，是中华民族的传奇人物。

他们的故事，如满天星斗，如沧海遗珍，都汇聚在这套《中华传奇人物故事汇》丛书里。我们将在这里见证他们的智慧、勇敢、顽强，追溯中华民族远古的源头。

目 录

导 读

　　传说中的蚩尤是一位巨人，他勇猛而残忍，力大无穷，头上长着两只角，可以轻松吞食沙石——这样看来，他似乎是一个凶悍无比的魔怪。历史上的蚩尤，可能是一个庞大的氏族集团的首领，他与炎帝、黄帝一样，也为中华文明做出了不可磨灭的贡献，他也是中华民族的远古始祖之一。

　　《尚书·吕刑》《逸周书·尝麦》和《史记·五帝本纪》等古代文献皆记载着蚩尤的生平活动，其中主要记述的是以蚩尤为首的九黎部落和以黄帝为首的炎黄部落联盟所进行的一场大战，史称"涿鹿之战"。在这场激烈的战争中，蚩尤被黄帝彻底击败并处死，之后黄帝成为天下的共主。

从文献记载来看，蚩尤的性格颇为复杂，一方面他极为贪婪，不惜发动血腥的战争，妄图使用残酷的武力，吞并炎帝和黄帝的部落，成为天下的唯一领袖；另一方面，他又是中华文明的缔造者之一，有力地推动了远古文明的发展。

蚩尤至少有两项历史贡献：一是，他领导九黎部落发展壮大，繁衍生殖，开垦土地，发展农业技术，使其子民过上了稳定的安居生活；二是，他发明了金属兵器，据记载，他也是金属冶炼的最早发明者，这两项发明促进了远古时期的社会发展，并且催生出原始的冶炼业。

蚩尤既是一个残暴的战争发动者，也是一位有着历史功绩的部落首领。总体上，蚩尤是一位失败的英雄，他的一生充满了浓重的悲剧色彩。蚩尤死后，世间流传着许多关于他的传说，这些传说皆呈现出一种悲壮的感染力，令世人唏嘘不已。

蚩尤作为中华民族的先祖之一，直到现在，不少地区仍有崇拜或祭祀他的活动。蚩尤因贪婪与暴虐而导致的惨烈结局，始终提醒后人绝不可滥用暴力以及无限放大自己的野心，而他悲剧性的人生历程，也长久引发着人们对他的纪念、思考与惋惜。

启 幕

1

每当西北风呼啸而过时，宋山上那片血红的枫树林就会被吹得飒飒作响，如果你仔细倾听，就会发现这响声中甚至含有一种兵刃相击的锵锵声，就像千军万马正在殊死拼杀。

有时，这些枫叶发出的响声，又像是英雄发出的过于激越的长啸，仿佛一腔热血的最后迸发。而待到风势减弱时，此长啸声又变得低沉起来，如同悲怆的叹息。

这深沉而痛切的声音就在那空旷的山谷中回

荡着，萦绕往复，经久不息……

2

开天辟地，人类繁衍。

在遥远的上古时代，炎帝带领神农氏部落的子民迁徙到了今天的中原一带。

炎帝宅心仁厚，对子民充满了爱与慈悲，他探索农耕，鞭药救命，并且发明了制陶、纺织，使他的子民过上了较为安定的生活。可是，随着时间的流逝，神农氏部落逐渐衰微下来，其原因有二：一是人口的增长超过了人们获取食物的能力；二是日久天长，他的子民大都安于现状，不思进取，致使部落的发展停滞不前。

就在同时，另一个部落有熊氏崛起了，这个部落的首领就是黄帝。

黄帝有雄才大略，他励精图治，爱护子民，使一个小部落渐渐发展壮大。他带领族人迅速向中原扩张，使自己的部落达到了前所未有的兴盛。

在炎帝、黄帝的部落之外，还有一个强大的部落，叫九黎部落，首领叫蚩尤。

这三个部落成鼎足之势，在中原地区各自占据着一部分领地。领地逐渐扩张，摩擦随之而来，各个部族之间纷争不断，而其中尤以蚩尤的九黎部落最为霸道和强悍，一场大战正不可避免地逼近眼前。

在这种群雄争霸的势力格局下，每个首领都在为子民的幸福生活和部落的未来而奋斗与抗争。蚩尤自然也不例外，他的雄心与贪婪相互交织在了一起，就像他的勇猛无畏和凶悍残酷也相互交织在了一起，这使他的身上既充满了开疆辟土的大志，又欲壑难填、索求无度……

3

一座大山脚下，迷雾升腾。

只见一个头上长着两只角的威风凛凛的巨人高兴地叫道：“就是这些石头！这就是我们要找的神石！哈哈……”

他带领族人在山脚下搬动着大小不一的石头，这些石头大都呈黄色，有些还带有青褐色的斑纹，泛着奇异的光泽。

这位巨人就是蚩尤。

蚩尤长着两只角，他的头颅像岩石一般坚硬。

他生着一双凶兽的眼睛，只要怒视一眼，

这位巨人就是蚩尤。

就能将敌人吓得魂飞魄散。他的牙齿锐利非常，足有两寸多长，即使将他的牙齿与老虎的尖牙相比，也毫不逊色。

他的头发蓬乱，当他愤怒的时候或者与敌人搏斗的时候，他鬓边的毛发就会竖立起来，如同剑戟一样，着实令敌人胆寒。

他不但吃寻常的肉块、粮食和野果，而且还能吃下各种沙砾与石子。

他的性格非常火爆，经常发怒，那怒容令人不寒而栗，但此时此刻的他，却高兴得像个孩子，原来他找到了一种石头——

那是他长期以来一直寻找的神石。

这种神石，其实就是铜矿石。

蚩尤命令族人将这些石头抬到一片空地上，接着他便一刻不停地指挥人们对这些石头进行冶炼，从中提取出铜，然后再用这些铜打造成杀人的兵器。

蚩尤自幼就好与勇士搏斗，早早练就了一身过人的武力。

在搏斗中，他发现以他的勇力，赤手空拳打败几个人十分容易，但要在短时间内打败十几个人，甚至几十个人，就不怎么容易了。于是，他就想制造出各种可怕的兵器，从而成倍地增强自己的杀伤力。

在九黎部落的北方，有一座大山，每到雨季，山洪都会从山上奔腾而下，冲刷出很多金属矿石。蚩尤注意到了这些石头，他发现它们的质地都极为坚硬。他心想：如果用火烧它们，会发生些什么呢？

这个疑问催生出他的行动——

他将这些矿石进行长时间的烧炼，从中提取出了铜，接着再将这些铜予以锻打，就造出了一件在当时绝无仅有的金属兵器。

蚩尤作为九黎部落的首领，向来被族人认为勇猛非凡，但他并非有勇无谋之辈，比如他在金属冶炼和打造兵器这件事上，就显现出自己高超的智慧和一种与生俱来的创造力。

蚩尤锻造兵器时，经常日夜不眠，设计着不同的兵器造型，精益求精，试图制造出最先进的武器。他的下属也和他一样，在他的带领下，全身心地投入到武器的制造当中。

每当蚩尤成功设计和锻造出一种武器后，必定要大呼庆贺，其声音直冲云霄，仿佛在向全天下宣告——

宣告自己已经掌握了人间最厉害的武器，日后就将凭这些武器夺取天下，一统人间，成为天下人的共主。

　　经过蚩尤不懈的努力，他至少制造出十几种兵器，其中五种最厉害的被人称为"五兵"。

4

　　蚩尤绝非一个只知道打打杀杀的武夫，实际上，自他成为九黎部落的首领后，就开始萌生吞并天下的野心，总想带领他的族人夺取更大的地盘，使自己的部落成为最强盛的那一个，令天下百姓都成为他的子民，那时，他就是天下人的共主，永远受到人们的敬仰。

　　蚩尤的属下风伯，渐渐看出了蚩尤的心思，心里又喜又忧。

他喜的是，自己的首领是一位有宏图大志的英雄，忧的是，担心蚩尤的野心太大，并且过于轻敌，这样就很容易使九黎部落的子民因他的失败而坠入那黑暗而恐怖的战争深渊里。

一日，风伯见蚩尤正在部落的空地上挥舞一根新造的长矛，只见他腾挪跳跃，身形变化多端，而那根长矛则上下翻飞，左刺右扎，虎虎生风，其勇力令风伯大为惊叹，一时忍不住，就高声叫起好来。

蚩尤听到叫好声，一看是风伯来了，就停止练习，与风伯说起了部落里的事务。

风伯在交谈中，忽然话题一转，对蚩尤说："您寻觅神石，锻造武器，每日都带领族人进行操练，如此殚精竭虑，我想您一定是想在以后继续扩张我们九黎部落的地盘。可是您想过没有，如果我们再扩张的话，就会进入炎帝部落的领地，如此势必会引发一场战争。"

蚩尤听后，仰天大笑，那笑声就如打雷一般。

蚩尤说："风伯啊，我正有此意——莫非我还害怕炎帝不成？再说了，那炎帝治下的部落日渐衰微，他对子民疏于管教，很多人已经变得好逸恶劳，如果有一天我攻下炎帝的领地，只会让他的子民得到应得的教训，进而更好地生存下去！而且，我们九黎部落的子民不断地繁衍，人口已越来越多，但粮食的出产却依然有限，若我们只是待在如今的领地，那么迟早会饿死我的子民！要想改变被饿死的命运，我们只能扩大地盘，这样才能养活所有的人口！风伯，你说我说得对吗？"

说完后，蚩尤的眼睛就瞪得圆圆的，好像牛的眼珠一样，而他的眉毛也立刻竖了起来，如同两把锐利的匕首。

风伯听罢，连连称是，之后他又对蚩尤说：
"我们如与炎帝交战，以您的勇武，当能取得胜
利。但是，那炎帝的部落虽然日渐衰落，可黄
帝必定会相助于他，这样的话——请您恕我直
言——这样的话，胜负就难以预料了！"

蚩尤听后，不以为然，他提高了嗓门，大声
说道："那正好！索性将这两个部落一起拿下，让
所有的人都知道我蚩尤的神威！"

蚩尤说完后，用力拍了拍风伯的肩膀，又说：
"风伯不必多虑！我们有最厉害的武器，而且我
还有八十一个兄弟哩，他们每一个都武艺高强，
勇猛无比，而且对我忠心耿耿，我不相信我和他
们联合在一起，就打不败炎帝和黄帝的部落？假如
以后，真的开始了这场战争，风伯，你愿意为了
我，为了九黎部落的子民而拼死杀敌吗？"

风伯听罢，急忙说道："您对我有知遇之恩，

我定当效力于您的麾下，万死不辞！"

蚩尤听后大喜，笑着说："有你在，有雨师在，有我的八十一个兄弟在——有你们在，这个天下就迟早是我们九黎部落的！"

风伯忙说："天下也迟早是您的，是战无不胜的蚩尤的！只愿您成为共主后，能让子民都过上好日子，从此人间不再有战争发生！"

蚩尤听后，便拿起身旁的长矛，直指天空，厉声说道："天帝啊，将来我与炎帝、黄帝必有一战，请您定要助我取胜！"对天说完，他就转头对风伯说："风伯，你要相信我，未来的这一战将是最后一战，此战过后，天下就再无战事了！"

风伯立刻向蚩尤跪下，大声道："那太好了！到时，人间就永享太平了……"

5

九黎部落制造的武器越来越多，同时关于神农氏部落持续衰落的传言也越来越多。

一日，蚩尤与风伯、雨师等人商议，决定在三日后调集军队，夺取炎帝部族的所有地盘，以壮大九黎部落。

出兵当日，只见红云惨惨，白雾霏霏，蚩尤率领着部队，如排山倒海一般，向前杀去。

蚩尤的部队进入炎帝的领地后，就大杀四方，势如破竹。

炎帝毫无防备，被蚩尤一路突袭，完全乱了阵脚。他急忙集结部队，与蚩尤决一死战。

两军在涿鹿之野各自摆下了阵势。

炎帝手下，缺乏勇猛的大将，他本人每天只是精研农耕，亲尝百草，并非是个善战的首领。而蚩尤麾下，有风伯和雨师，他们在阵前施法，刮起猛烈的大风，下起瓢泼大雨，这暴风骤雨使炎帝的将士们一会儿被大风吹得站不稳脚跟，一会儿又在大雨苍茫中迷失方向。

　　这时，蚩尤将手中的长矛指向了敌军，大喝一声："杀！"然后他就像箭矢一样，率先冲向了敌军阵营。

　　蚩尤以一当百，长矛或刺或扫，很快就杀掉了炎帝的上百名士兵。

　　蚩尤的将士们见首领如此勇猛，就高举着各种磨得锃亮的兵器，如潮水一般向炎帝的部队杀来。不一会儿，旷野上就血流成河，蚩尤的将士们把炎帝的部队杀得七零八落，取得了胜利。

他就像箭矢一样，率先冲向了敌军阵营。

炎帝见大势已去，连忙带领自己的残部逃往有熊氏部落，去寻求黄帝的帮助，他的部落领地则只能放弃。

　　经过这一战，蚩尤的九黎部落如愿占领了炎帝部落的领地，炎帝的部落元气大伤。

应 战

1

茂密的森林深处。

一个身形高大的人正与十几只老虎和黑熊嬉戏在一起，此人双目如电，老虎和黑熊都对他俯首帖耳。过了一会儿，山上又跑来了豹子、野狼和野牛，它们和老虎、黑熊围住了这个人，然后竟一起向此人低下了头，就像一群士兵向自己的统帅低头致敬。

此时，这个人用手指向前方的一个山头，口中发出了长长的"呀呼"声。只见这些野兽就如领到了命令一般，立刻向那个山头奔去，一时间，尘土弥漫，声若轰雷，十分壮观。

天空中，不知何时飞来了数十只老鹰、大雕和秃鹫，它们也向着那山头的方向飞去，在俯冲中，各自都张开了如刀的利爪。

这个人看着野兽向前奔突的景象，不禁仰天大笑——

他就是黄帝，就是那个能轻松驱使林中野兽的黄帝。

2

此时，炎帝带领残部慌乱地逃到了黄帝的有熊氏部落。

很快，就有部下将炎帝兵败的消息报告给山

他就是黄帝，就是那个能轻松驱使林中野兽的黄帝。

中训练野兽的黄帝。

黄帝得此消息，便急忙回到部落中。

炎帝见到黄帝后，将战败的详细情况告诉了他，尤其是告知黄帝，那九黎部落的首领蚩尤，非常凶猛，在战场上，他就像是一个残酷至极的魔鬼。最后，炎帝请求黄帝援助他，打败蚩尤，使自己的部族重回昔日的领地。

黄帝听后，并未立即回答，而是沉吟了片刻。

炎帝见黄帝并未当即应允，便说："您如果不出兵相助于我，只怕迟早有一天，那贪得无厌的蚩尤就会杀向有熊氏部落，到时候您仓促应战，只会像我一样，失去先机，败给那个杀人的魔鬼！"

黄帝听罢，坚定地说："您说得极是。以蚩尤的野心，以后他必定会集结部队，来吞并我的部落，我知道，此战不可避免！我刚才不说话，并非不愿应战，我们两族的子民原本就是一家人，我怎能袖手旁观？助您击败蚩尤，我义不容辞！"

黄帝说完后，沉默了一小会儿，又说："只是我一旦与蚩尤开战，将使中原大地陷入残酷的战争之中，而我并没有十足的把握可以战胜这个魔鬼，所以刚刚我才会低头不语，思索更好的办法……"

炎帝听后，方感到安心了许多，在感谢一番后，就告辞而去。

黄帝在炎帝走后，依然眉头紧锁，苦思冥想。他想找出一种既可以战胜蚩尤，又不至于带来太大伤亡的好方法。黄帝虽然可驱使野兽，并且天生具有神力，但他的本性却极为宽厚仁慈，他明白，一旦发动战争，必然会给三个部落的人们带来血腥的杀戮和深重的灾难，所以黄帝一想到这里，就心有不忍。

但是，黄帝也深深明白，在不远的将来，蚩尤势必会杀向他的部落，这场战争已难以避免，无论如何，他都得全力应战，挽救神农氏和有熊氏这两个部落的子民。

3

连日来，黄帝苦苦思索着战胜蚩尤的法子，常常夜不能眠。

他想自己现在手下只有一员名叫应龙的大将，此人可在战斗中变身为一条神龙，长有一对翅膀，能行云布雨，瞬间就可使敌军陷入洪水当中。但是黄帝听说，蚩尤的军中也有风伯和雨师，他们一样能呼风唤雨，而且在击败炎帝的战争中，蚩尤并未集结他的八十一个兄弟，如果未来他与蚩尤开战，那么蚩尤一定会召唤他的这些兄弟，而他的每一个兄弟又都有一群族人，这样的话，就使蚩尤部队的战斗力得到大幅提升，如此看来，胜负真是难以预料——甚至在战力对比中，自己还处于劣势，唉，这该如何是好啊……

黄帝想着想着，渐感疲惫，不知不觉间便睡了过去……

黄帝睡着后，做了一个梦。

梦中，黄帝走在一片荒山野地里，突然刮起了一阵狂风，顿时天地间的尘土与污垢就都被刮得干干净净，这片荒山野地也变得草木茂盛起来。黄帝见此，大为惊喜，醒了过来。

此时正是半夜时分，不久，他在昏昏然中，又睡了过去。

睡着后的他又做了一个梦，梦中自己正在一片阔大的湖水边散步，突然从远处传来了牛羊的叫声，这叫声越来越大，就像轰鸣似的，最后，他方才看清，是从北方跑来了成千上万只牛羊，它们被一个小山般的黑脸大汉驱赶着，乖乖地向南方而去。此人手中拿着一把需要千斤之力才能拉开的大弓，只见他呼喝着口令，赶着这些牛羊，非常的威风。

黄帝见到此等英雄人物，就想上去与这人搭话，可是他刚走了几步，就被一只小羊绊倒在地，这一惊之下，便又醒了过来。

此次醒来，黄帝就再也睡不着了。他想自己做的这两个梦，定然是上天给自己派来了两位贤才的征兆，就赶忙命令几位得力的下属按照自己梦中的情景，去寻找这两个人。

经过一番寻找，黄帝的下属终于在海隅找到

了风后，而在一个大泽边寻到了力牧。

这两人，一个足智多谋，擅长发明各种武器和工具，另一个则力气惊人，射出的箭，又快又准，无一箭虚发。有了风后和力牧的辅佐，黄帝信心倍增，他立刻就与属下们商议起出兵讨伐蚩尤的种种事宜。

4

此时，得胜后的蚩尤并没有闲着，而是继续训练他的士兵，为未来的大战做着准备。

蚩尤心里非常清楚，炎帝必定逃到了有熊氏部落，将来自己与黄帝的那一战，才是生死之战，也是整个中原到底归属于哪个部落的终极一战。蚩尤明白"先下手为强"之理，他打败炎帝，也是得益于突袭，如果当时炎帝早有准备，那么即使自己的部队最后取得了胜利，也会付出不小的代价。

蚩尤素来听闻黄帝能驱使山中的野兽和猛禽，而且麾下还有一个叫应龙的大将，本领极为了得。黄帝对子民一向宽厚，他的士兵们感念他的恩德，在战斗中便非常勇猛，不惜牺牲自己的性命。所以无论从哪个方面来看，在战场上，黄帝的部队都要比炎帝的部队强大得多。

蚩尤不敢轻敌，为了取胜的把握更大些，他仍然准备率先向黄帝的部落发起进攻，打敌人一个措手不及。而且为了打好这一仗，他在开战前还要集结自己的八十一个兄弟，从而一鼓作气，彻底消灭黄帝的军队。

考虑清楚后，蚩尤便找来风伯和雨师，命他们带着自己的口信，迅速去召唤他的兄弟们。风伯和雨师急忙领命而去。

蚩尤又命令自己的部队严加操练，并且日夜设置岗哨，密切监视黄帝一方的动静。他还安排自己的族人加紧冶炼神石，取出金属，一刻不停地打造着各种杀伤力强大的兵器。

他发布这些命令后，就带领一小队人马，来到了周围的大山里。跟随他的士兵们都在心里面犯嘀咕：大战就要开始了，首领这是要干什么去啊？难道是去游山玩水？可是看着蚩尤那副威武而坚定的面容，分明不是出去游玩的表情呀，真是猜不透他……

原来，蚩尤来到山中，是为了寻找一支奇兵。

多年以前，蚩尤在山中寻觅神石时，就和一些山里的鬼魅交上了朋友，而且渐渐通晓了他们的语言。此次大战在即，他带领部下来到山里，就是想招募一支由树精、水鬼和石怪组成的战队。

这些鬼怪，被人们称为"魑魅魍魉"（chī mèi wǎng liǎng）。

蚩尤在山中足足待了七天七夜，他费尽心力，拉拢这些鬼怪，答应他们在战胜黄帝之后，就专门让出十座大山，供他们居住和活动，并且每年都会给他们送上很多食物，供他们尽情享用。

最后，蚩尤终于集结了一支阴森恐怖的鬼怪兵团，人们只要看一眼这些鬼怪，就会心生恐惧。到了这时，那些跟随蚩尤进山的部下方才恍然大悟，现在他们都打心眼里佩服蚩尤的这一奇招。

5

不久，蚩尤的八十一个兄弟就从四面八方赶到了中原。

这八十一个兄弟，个个都是铜头铁额的猛将，每一个都可独当一面，而且他们还各自带着一群本族的士兵，因此蚩尤的兵力得到了大幅增强。在众兄弟的簇拥下，蚩尤感到现在自己离一统天下的梦想更近了一步。但即使是在这时，蚩尤也明白，万万不可轻敌，毕竟战争还未开始，距离最终的胜利，还早得很哩！

蚩尤不敢怠慢，立刻将八十一个兄弟和他们各自率领的士兵都编入了部队之中。

蚩尤将全军分为九支大军，每支大军都由他的一个能征善战的兄弟领导，这每支大军又分为九支小军，每支小军也由一个勇猛的兄弟领导，他则坐镇中央，统率全军。

在蚩尤身旁，左有风伯，右为雨师，突前的就是那支由鬼怪组成的兵团。

蚩尤将全军整编完毕后，便集结所有将士，准备向黄帝开战。

他在阵前巡视了一遍，对自己的将士大声说道："弟兄们，此次与黄帝一战，是我们夺取整个中原的最后一战，如果我们打败了黄帝，天下就属于我们了！到那时，我们的子子孙孙也将永享太平！"

听到这里，将士们发出了海啸般的呐喊声。

蚩尤又说："建功立业，是每一个男儿的志向，而现在，这大业就等着我们一起去完成！跟着我一起往前冲吧！"

将士们又发出一阵惊天动地的呐喊声。

接着，蚩尤就率领着这支可怕的部队，浩浩荡荡地向有熊氏部落杀去。

干 戈

1

此时，黄帝与风后、力牧、应龙及各位属下商议后，也决定集结军队，讨伐蚩尤，收复神农氏部落的失地。

黄帝迅速调集了部落里的所有士兵。前段日子，他已经命令族人们制造出大量的兵器，包括利剑、斧子、长矛等。黄帝听闻蚩尤擅长制造武器，打造的刀剑都锋利无比，因此为了更好地进行防御，他也命族人们造出很多铠甲，以抵御九黎部落军队的利刃。

黄帝从山林中召集了老虎、豹子、野狼、黑熊、老鹰、秃鹫等野兽和猛禽，将它们组成一支猛兽兵团，并发明了一种适合这些野兽进攻的阵法，以发挥它们的最大杀伤力。他为了壮大声势，提振军心，还制作了很多颜色各异的战旗，这些旗帜在风中飘扬着，就像在为每一个士兵鼓劲一样，令他们血脉偾张，恨不得以一敌十，上前去杀个痛快。

　　大军集结完毕，只见黄帝身旁是风后与力牧，头顶上是化身为一条神龙的应龙，身后是威风八面的有熊族的士兵以及炎帝带领的小部分神农氏部落的士兵，在他的前方，就是那支令人感到毛骨悚然的猛兽兵团。

　　黄帝挥着一把利剑，对大家说："我们此次讨伐残暴的蚩尤，是替天行道，也是为了帮助神农氏部落夺回他们的失地！有些人可能会感到奇怪，不明白我们为什么要帮助神农氏部落，大家不要忘了，神农氏部落的兄弟和我们一样，都是少典氏的后裔，我们本是一家人——既然是一家人，哪有不帮之理？而且，那蚩尤既贪婪又残暴，始终是天下的一个祸害，不除掉他，就无法保障我们有熊氏部落的和平，你们说，这场战争该不该打？"

士兵们都大声喊道："该打！该打！""夺回失地！"……

那些猛兽们则发出了震天动地的吼叫声。

这时，黄帝将利剑前指，庞大的军团随之而动，顿时，四周尘土飞扬，士兵们的呐喊声此起彼伏，黄帝的军队就这样声势浩大地向前方挺进。

2

三日后的清晨，两军在一片无人的旷野上相遇了。

双方各自摆出了阵型。黄帝上前来，极力劝说蚩尤归还抢夺的土地，退回到九黎部落的原有领地，如果他照做的话，自己就不会与他兵戎相见，同时炎帝也表示，只要蚩尤交还夺去的土地，两族的仇怨就一笔勾销，三个部落相安无事，大家都可过上和平的生活。

黄帝的话虽然诚恳，但蚩尤现在统领了这样一支大军杀来，仅凭几句话就让他立刻解散联军，退回原来的领地，这是他无论如何也接受不了的——

唯有一战！

野心勃勃的蚩尤绝不会放弃这个建功立业的大好机会，他当即驳斥了黄帝的要求，大声喊道："黄帝！炎帝每日里只知道尝百草、寻良药，对族人疏于管教，导致这些人不思进取，就靠着那片肥沃的土地，凑凑合合地养活自己！——既然他管不好自己的族人，那就让我来管理他们吧！我可以接收他的族人，但我绝不会交还那片土地——我才是中原的大帝！——包括你们有熊氏部落的领地，也应由我来统治！来来来，让我们在战场上一见分晓！"

　　黄帝见无法说动蚩尤，就知道双方只有拼死一战了。

　　黄帝转回身去，指挥身后的部队向蚩尤冲去，与此同时，蚩尤也号令自己的将士们向前杀去。黄帝的猛兽兵团冲在了最前面，它们最先遇到的就是蚩尤的鬼怪兵团。奔腾的老虎和豹子撕咬起了树精、水鬼和石怪，这些鬼怪也毫不示弱，它们用尖利的牙齿和手指撕扯着那些猛兽，顿时战场上血肉横飞，鬼哭狼嚎一片。

随后，蚩尤便挥舞着一根长矛冲到阵前，只见他不多时就杀死了上百名敌兵，而且还捅死了一只老虎和两只黑熊。蚩尤的八十一个兄弟和士兵们不仅勇猛善战，而且都手持精良的武器，这些武器比黄帝部队的武器要锋利很多，杀伤力强大，因此在一对一的情况下，黄帝的士兵大多处于劣势。

双方交战不久后，黄帝的部队就被逼得大幅度向后退去。

那些猛兽，被蚩尤的士兵团团围住，在快剑和利矛下，纷纷被开膛破肚，战场上弥散出一股浓重的血腥味。

黄帝见此情景，只得命令部队再次撤退。这

蚩尤便挥舞着一根长矛冲到阵前，只见他不多时就杀死了
上百名敌兵，而且还捅死了一只老虎和两只黑熊。

时，蚩尤本想继续追杀，但是望见黄帝的部队后退至一片茂密的丛林中，他唯恐敌军有诈，便命令停止进攻，就地安营扎寨。

黄帝见蚩尤的部队并未追来，方才松了一口气。

这第一仗，黄帝损失不小，蚩尤则初战告捷，由此他更加坚定了自己一统天下的决心。

3

第二日再战，黄帝的部队为一雪前耻，拼杀得更加勇猛，而蚩尤的将士亦舍生忘死，与敌军以命相搏。

双方陷入一种胶着的状态，一时难分胜负。

蚩尤见两军将士在战场上势均力敌，十分焦

急，他本想在今天干脆利落地击败黄帝，但看战场上的情形，要想在短时间内完全击败黄帝的部队，并没有那么容易。

这时，蚩尤决定使用自己的神力。原来他有一种征云使雾的本领，可以凭借自己的神力，在瞬间就生出一场笼罩天地的大雾，而且还能自由指挥大雾移动的方向和位置。

蚩尤想用自己生出的大雾围住黄帝的部队，使他们不辨东南西北，然后围而杀之。

蚩尤立刻收起了长矛，施展法术。只见在战场上，渐渐升起了大雾，这雾弥漫在黄帝部队的周围，并且越来越浓，遮蔽了阳光的照射。雾中，黄帝的士兵们顿时失去了方向，根本搞不清东南西北，既不知该杀向哪里，也不知该向哪里逃命。蚩尤的士兵则在这浓雾之外，他们将黄帝的部队围住后，就向里面杀去，随着他们的深入，黄帝的士兵就不断地被斩杀在地，伤亡惨重。

大雾就像沉重的帷帐，紧紧地裹住了黄帝的部队，使他们动弹不得。

黄帝见此，就急忙命令士兵们一个接一个地紧挨着，形成圆环状的阵型，这样就可避免士兵们敌我不分，错杀了自己人。蚩尤的士兵还在发动一波接一波的进攻，大雾也继续笼罩着黄帝的部队，在如此危急的时刻，黄帝却发现风后不见了。

大雾持续三天三夜，蚩尤的部队一直占有绝对的优势，黄帝的部队则勉强抵抗着，眼看着就要彻底溃败了。可怕的是，他们依然不知该逃向何方，如果只是乱跑一通，就非常有可能陷入蚩尤的包围圈中，到了那时，就不是溃败了，而是全军覆没，再无一线生机。

就在这万分危急的时刻，三天未见的风后回来了——

他不仅回来了，还带来一辆车子。

这辆车上站立着一个雕成的小人，这个小人的手臂总是伸向南方。

黄帝大为诧异，就问风后，他这三天到底去了哪里，而这辆奇怪的车子又是怎么来的。

风后向黄帝一一道来。

原来，三天前起雾时，风后就明白，大雾一起，黄帝的部队必将深陷其中，不辨方向，为了应对这困局，他来不及向黄帝报告，便带着几个随从，趁乱突围而去，来到附近的一座山中，思索应对之法。

夜晚，他望着满天的星斗，就想北斗七星的斗柄总是随着季节变换转动方向，自己也可据此发明一种能够在运动中指明方向的器物。有了这个想法后，风后就带领随从们制造出了这辆能够指明方向的车子。

黄帝听后大喜，立即率领将士们，靠着这辆车来辨别方向。大家团结一心，终于冲出大雾的包围，撤退到一座深山中。黄帝大为高兴，对风后说："不如你这车就叫指南车吧。"

蚩尤见黄帝的部队居然依靠指南车成功撤退，不禁大为愤怒，冲着上天吼叫不已，但发泄过后，他也只能带领部队撤回营地。

4

蚩尤回到营中，依然为没有全歼黄帝的部队而感到无比愤怒。

他满面怒气，一会儿对着上天叫骂个不停，一会儿又一言不发地坐在营地中央，怒视着远方黄帝部队扎营的那座大山。他的侍从们见蚩尤如此气愤，都不敢上前与他搭话。

这时，风伯和雨师来到蚩尤的身前。

风伯对蚩尤说："您不必为没有一举拿下黄帝而恼怒，我们从交战开始就占了上风，离那最终取胜的日子已经不远了！"

蚩尤听罢，眉毛略微动了一下，但仍未开口说话。

风伯看了看雨师，雨师心领神会，便凑到蚩尤面前说："我有一个办法，明日定可全歼敌军！"

蚩尤听后，猛然站起身来，大声说："雨师，快说来听听！"

雨师从容道来："明日，我和风伯将倾尽全力，造出一场可以席卷黄帝部队的狂风暴雨，以此来击败他们，担保万无一失！"

蚩尤素来知道风伯和雨师有呼风唤雨的本事，但没想到他们可以造出如此大规模的暴风雨，因此喜出望外。他分别握住了风伯和雨师的手，大声说："太好了！太好了！明日有两位大展法术，我就能带领将士们把那些被风雨所困的敌军统统杀掉，哈哈哈，痛快，痛快啊……"

深山里，黄帝则为未来的战事忧心不已。

正当黄帝满心烦恼的时候，应龙找到了他。

黄帝一见应龙，便问他可有克敌的办法。应龙听后一笑，说道："我正是为此而来！明日，我将吸入江河之水，然后都喷向敌军，将它们统统淹没，如此一来，我们就可轻松击溃他们，以保天下太平。"

黄帝听后，大为欢喜，有应龙施展法术，他顿时对明日之战充满了必胜的信心。

5

清晨，黄帝和蚩尤的军队都集结完毕，又在旷野上各自摆成阵势。

那风伯和雨师率先在阵中施展法术，只见天上瞬间就雷电交加，一阵又一阵的狂风将暴雨都吹向了黄帝的军阵。而此时，应龙也在黄帝的阵前突然变为一条神龙，他直飞上天，运用法术，将附近江河中的水都吸入了他的腹中，然后便向蚩尤军中喷了出去。

一时间，天地间风雨大作，电闪雷鸣，水浪滔滔……

一时间，天地间风雨大作，电闪雷鸣，水浪滔滔……

那风伯见应龙蓄水后，向自己军中倾泻，就用尽全力，生出一股狂风，将应龙喷出的大水都吹到黄帝军中，瞬时就淹没了很多士兵，其余士兵，只得四处奔逃。

应龙虽然会蓄水和倾泻，却不会掌握风力，因此只能眼睁睁地看着黄帝的军队被大水所淹而毫无办法，气得他在空中狂呼不已。

蚩尤见状，大喜，随即命令军队向敌军杀去。

这时，黄帝的士兵们大都已经被狂风吹得神志不清，后来又被暴雨淋得浑身发抖，再加上被应龙的大水所淹，根本无还手之力，不多时便被蚩尤的部队击溃。战场上充满哀号之声，放眼望去，已然尸横遍野……

黄帝只得再次带领将士们向山中撤退，但大风和暴雨却在风伯雨师的持续作法下，紧追他们而去，直到他们爬到半山腰，方才暂时脱离了困境。

此战，黄帝又损失了大量的兵力，如果战争再这样打下去，他的部队必将被彻底击败。

蚩尤见黄帝躲到了山腰上，本想乘胜追击，但风伯告诉他，那山前已经被大水包围，即使没有水泽的地方，也是一片泥泞，并不适合行军，不如等敌军下山后，再施以大风雨，那时就可将他们全部歼灭。

蚩尤听后，觉得十分有理，就趾高气扬地带领将士们回到了营中。他心里想，现在距离自己统一天下的梦想越来越近，可以说触手可及了。想到了这里，他不由得放声长啸，而将士们也应和着他，大声吼叫着，顿时旷野上响起了震彻天地的吼声。

这吼声也传到了黄帝军中，将士们都感到心惊肉跳，接二连三的失败使他们的士气大挫，似乎那最后的失败已在眼前，绝望的情绪渐渐在军中弥散开来……

6

半山上，黄帝为战事忧心如焚。

他非常明白，等到山下的大水退去，蚩尤就会带领部队杀到，等到那时，必将全军覆灭。

"该怎么办呢？"黄帝急得在山中来回走着，却怎么也想不到解决之法。一想到手下的人要跟自己一起困死在这山上，黄帝的脚步更急促了。

这时，天空中突然飞下一个女子，她就是黄帝的女儿"魃（bá）"。

这时，天空中突然飞下一个女子，她就是黄帝的女儿
"魃"。

魃的容貌非常怪异，她的头上没有一根头发，穿着一件灰暗的青色衣服，但体内却充满可怕的热力。

魃原本在遥远的昆仑山上修习法术，经过多年的苦修，她终于练就一种能够驱散风雨雷电的本领。黄帝率领大军征讨蚩尤后，她便密切关注着这场战争，现在她听说父亲的部队被大水所淹的消息后，就火速赶来，助父亲一臂之力。

魃说明来意后，黄帝忙问她有何办法可以帮助自己的将士们脱离困境。

魃听罢就笑了，说："到时，父亲一看便知！请父亲放心，女儿虽然不会上阵杀敌，但逼退那些暴雨和大水，对我来说却算不上什么难事！"

黄帝听后，自然欣喜不已。

魃仅仅是飞到了山脚下的大水上方，那大水就快速蒸腾，化为了水汽，不多时便消散不见。那暴雨也立刻停止，乌云快速散去，在天空中，出现了一轮炎热的太阳，旷野上已看不见任何的小河与溪流。

黄帝见此，便集结士兵，迅速来到山下安营，准备明日再与蚩尤的部队一决胜负。

7

早有探子向蚩尤报告了大水退去和暴雨骤停的消息。

蚩尤和一众属下都觉得十分奇怪，并不知晓到底发生了什么。风伯和雨师让蚩尤不必担忧，虽然黄帝的部队脱离了困境，但明日他们还会施展呼风唤雨的法术，定叫敌军死无葬身之地。

蚩尤听后，大为安心，便连夜与属下们商量起明日的作战计划。

　　翌日，蚩尤率领大军杀向黄帝的营地。

　　风伯和雨师又施展起法术，顿时在黄帝部队的驻扎地上空便刮起狂风，下起暴雨。这时，只见空中突然出现了穿一身青衣的魃，她缓缓向风雨中飞去，瞬间就使风雨都消失得无影无踪。

　　魃身体里的热力将暴风骤雨驱散后，天气就变得极为炎热，阳光直射着大地，令每一个人都感到异常燥热。

　　风伯和雨师见状大惊，便再次施展呼风唤雨的本事，但因为有魃在空中，所以他们俩的法术就怎么也施展不出来，气得两人七窍生烟，暴跳如雷。蚩尤则火冒三丈，将长矛向黄帝的营地一指，便带领人马杀去。可是谁也没有想到，此时天气越来越热，蚩尤的将士们一个个都感到口干舌燥、浑身无力，有一部分士兵甚至头晕眼花，跌倒在了地上。

那黄帝早已埋伏在营地旁的一片树林里，这时见蚩尤的士兵们热得难以忍受，就率领军队从树林里冲出，将蚩尤的部队杀了个七零八落。蚩尤虽然奋力拼杀，仍然无法挽回劣势，便带领部队撤回了自己的营地。

此战，黄帝的部队在战场上初次占到上风，蚩尤的部队则损失不小。

魃因为释放出体内的大量热力，耗尽了自己的能量和功力，再也飞不到天上了，她为此感到非常沮丧。黄帝见女儿的神情颇为难过，便极力安慰她，后来安排她住在赤水以北的地方。

自此，魃就屡屡驱散风雨和洪水，受到了灾

民们的欢迎。但是，魃也能使自己所到之地发生严重的旱灾，使庄稼颗粒无收，因而那些深受旱灾之苦的人就十分厌恶她，巴不得她永远离去，再也不要来到他们生活的地方——他们把魃当作了害人的魔鬼，称她为"旱魃"。

雷 霆

1

蚩尤初次在战场上失利，心情差到了极点。

他虽然想再次与黄帝大战，可是因为魃的缘故，风伯和雨师的法术已起不到任何作用，想要迅速击败黄帝的部队，似乎已没有可能。这时，蚩尤的一个兄弟提醒他，他可以去北方大荒中一座名叫"成都载天"的山上找夸父族的巨人们来助战，那夸父族的首领巨伯在少时曾与蚩尤交好，他们曾经一起练习过搏斗和摔跤的技术，现在蚩尤的部队若能得到夸父族的鼎力相助，那么迅速击败黄帝，也并非全无可能。

蚩尤一听，很是欢喜，就对这个兄弟说："是啊，我怎么把巨伯兄弟给忘了？想当年，他曾和我一起在宋山上练过武艺呢，那时我们俩就结拜为兄弟了，现在要是夸父族的巨人们能来助战，我们何愁打不败黄帝！哈哈！"

蚩尤不敢怠慢，当即带了几个随从，亲自到"成都载天"来找夸父族的首领巨伯。

2

夸父族的巨人是大神后土的子孙，他们不仅身材巨大，而且力气惊人。他们喜欢一种黄蛇，在左右两只耳朵上都挂着小黄蛇，手中则时刻把玩着两条大黄蛇。

他们虽然是巨人，性情却特别温和，并且非常喜欢帮助别人，极重情义。

他们生活在"成都载天"，那是一座神奇的大山，据说这座山与天一般高，景色极为壮观。山上常常云雾缭绕，生长着很多松树和梧桐树，到处都是清澈的溪流和甘甜的清泉。

夸父族的巨人们在山中过得十分快活。

在这些巨人中，曾经有一个巨人做过一件令人匪夷所思又震天动地的事情。

那时，"成都载天"附近发生了可怕的旱灾，庄稼全毁了，许多百姓因为中暑而病倒，其中不少老人和孩子被炎热的天气夺去了生命。巨人们的心肠非常善良，见此灾情，便全都积极去救治那些可怜的灾民。他们中的一个巨人看着空中炎热的太阳，便心生愤怒，他觉得残酷的旱灾就是由无情的太阳带来的，因此他便立下誓言，要追赶上太阳，把它从天上摘下来，这样人间就再不会受到旱灾的蹂躏。

他向众人说出自己的誓言后，就开始日夜追赶起了太阳。

只见他一路向太阳狂奔而去，没追多久，就汗流满面，但他并不气馁，依然咬着牙，勇敢地追赶着太阳。路上，有几个行人看到他朝着太阳所在的方向狂奔，就一起问他为什么要这样做。

他骄傲地答道："我想追上太阳，把它摘下来，这样世上就没有旱灾了！"

人们听后，都不敢相信自己的耳朵，觉得他是一个自不量力的痴人。

他不顾人们的嘲笑，仍然继续奔跑着，那个大太阳高挂在空中，变得更加火热，仿佛也在嘲弄他。他感到浑身燥热，但丝毫都没有产生后退的念头，而是仍然坚持不懈地追赶着太阳。就这样，他一直追到"禺谷"这个地方，眼看着太阳

他骄傲地答道："我想追上太阳，把它摘下来，这样世上就没有
旱灾了！"

就要落山了，但他却实在渴得难以忍受，于是跑到了黄河去喝水，可他没喝了多久，便把黄河的水都喝完了，但他还是没喝够，就跑到了渭水，又大口大口地喝了起来，没喝了多久，他便把渭水的河水也喝完了。

奇怪的是，他喝干了两条大河的水，但还是感到口渴难耐，因此只得再向北方奔去，他听说那里有一个广大的湖，没有人知道这个湖的边界在哪里，他心想，只要找到了这个大湖，就一定能解他的口渴。

可是，这位内心慈悲、关怀百姓疾苦的巨人竟然在奔往大湖的路上渴死了。

他倒下时，感到头晕目眩，肚子里如同烧着一团火，那跌倒的身体，就像轰然倒塌的一座大山，发出了惊天动地的声响。

他倒下的一瞬间，用尽气力扔出了手杖，这根手杖落下的地方，化出一片茂盛的桃林，方圆有数千里，之后这片桃林每年都会结出异常鲜美的桃子。

3

蚩尤来到了"成都载天"，找到了夸父族的首领巨伯。

故友相见，自然格外欢喜，两人不由得聊起少年时在宋山上练习武艺的事情。

蚩尤见巨伯的兴致很高，就对他说，自己正与黄帝交战，双方势均力敌，自己的一方损失了不少士兵，他现在想请巨伯带领夸父族的巨人们参战，助自己一臂之力，战胜黄帝的部队。

巨伯听后，没有立即接话，而是沉默了片

刻，然后才说："蚩尤兄弟，按道理讲，以我们少年时的情义，我没有理由不帮你。可是，你也知道，我们夸父族的人都天性温和，不喜欢打仗，现在我们住在这山上，过得非常惬意，如果我要带领他们参战的话，只怕他们并不心甘情愿。"

蚩尤见巨伯面有难色，便没有继续说下去，而是回到山洞里休息去了。

他要好好地想一想，怎么才能找到一个好的办法，成功地说服夸父族的巨人们全力参战。

蚩尤和他的随从们在山上与巨人们不断地进行交谈，深入了解着这个部族，其间，他听说了巨人追赶太阳的故事，看到巨人们都为那个勇敢牺牲的巨人而感动不已。这时，蚩尤突然联想到黄帝的女儿魃——蚩尤曾听说，魃的能力也给不少地方带来了可怕的旱灾，他想，也许"成都载天"附近的那场旱灾就是魃带来的。

想到了这里，蚩尤便又找到巨伯，他说："巨伯，我听说不久前，你们同族的一个兄弟因为追赶太阳而牺牲了，唉，这件事真令人悲伤！……我觉得那罪魁祸首就是黄帝的女儿魃！她专为人间带来旱灾，是一个不折不扣的大灾星！"

巨伯一听，大为惊讶，就让蚩尤赶快说下去。

蚩尤充满义愤地说："我与黄帝大战时，手下的风伯和雨师可呼风唤雨，眼看就要战胜黄帝的部队了，可是黄帝的女儿魃却突然参战，她自带一种热力，瞬间就将那些风雨都统统驱散了！她到处游荡，为很多地区带来了严重的旱灾，使百姓们遭受苦难！巨伯，归根结底，与你同族的那个兄弟就是因为魃而牺牲了生命，此仇不可不报啊！"

巨伯听后，便为那个同族兄弟伤心起来，他当即就答应蚩尤参战。

第二日，他召集了夸父族的兄弟们，告诉他们，与蚩尤交战的黄帝，有一个叫魃的女儿，她给人间带来了无数场可怕的旱灾，是百姓们心中的魔鬼，那个追赶太阳的兄弟，其实就是因她而死，非太阳之故！因此，夸父族的兄弟们应该联合起来，帮助蚩尤打败黄帝，一来是蚩尤的九黎族向来与夸父族相处融洽，理应助战，二来黄帝是魃的父亲，就是他引来自己的女儿下落人间，进而危害百姓，使同族的兄弟牺牲了性命。

巨人们听后，无不赞同。要知道，他们虽然平时非常温和，但都重情重义，所以他们很快集结起来，组成了一支军队，供蚩尤指挥和调遣。

蚩尤见此大喜，就急忙带领这支军队回到了自己的营地。他心想，有了这支军队助战，自己就没有理由打不败黄帝！想到此，他便豪气冲天，仿佛全天下已尽在他的掌握之中。

4

蚩尤请夸父族助战的消息传来，黄帝深感忧虑。

他早就听说，那些巨人都力大无比，现在他们都站在了蚩尤那方，这对接下去的战斗将起到决定性的作用，可是他想来想去，却始终想不出一个可靠的破敌之法。

一天午后，风后和力牧找到了黄帝，两人向黄帝献计，说夸父族的巨人们仓促助战，索性就趁他们还不熟悉周边地形之机，由黄帝带领部队在今天夜里突袭蚩尤的营地，打他们一个措手不及。

黄帝听罢，极为赞同此计，立刻便安排起突袭的相关事宜。

入夜后，黄帝带领着兵马突然杀到了蚩尤的兵营。

哪料想，那蚩尤为了防备黄帝突袭，早就进行了部署，在兵营两侧埋伏下两支人马，就等黄帝的部队来到，狠狠地伏击他们。只见蚩尤挥舞着长矛来迎战敌军，嗖地一下，他就将十几个敌兵扫到了天上，只要被他的长矛碰到的敌兵，不是开膛破肚，就是脑浆迸出。

瞬间，蚩尤营地就灯火通明，如同白昼。

那些刚刚来到战场的巨人也参加了战斗，他们身形巨大，在战场上如入无人之境，黄帝的士兵逢着他们就死，碰到他们便亡，不多时，就尸积如山。

两军交战到黎明时分，因有夸父族的巨人助战，再加上蚩尤本来就勇猛非常，所以黄帝的部队只能向营地撤去。蚩尤带着部队一路狂追，想一举歼灭黄帝的所有兵马。

黄帝一看形势不妙，只得放弃了营地，向东南方向逃去。等到收拢队伍，黄帝看着自己的残兵败将，禁不住仰天长叹。而后只得强打精神，命令士兵们安营扎寨，驻守不出。

随后，黄帝派出一个最为勇敢的传令兵，命他速到有熊族的部落所在地，召集所有士兵前来增援，同时去深山里，将黄帝的命令告诉那些野兽和猛禽，也命它们速来参战。

两军相持，黄帝想尽办法，但一点儿获胜的把握都没有，忧虑持续缠绕着他，使他如坐针毡，惶惶不安。

5

最后，苦于没有制胜法子的黄帝，准备去泰山之巅——他期望在这座神山上向西王母祈祷，从而得到她的帮助。

黄帝带着几位下属，日夜兼程，终于来到了泰山。

他向西王母祈祷了三天三夜，希望她能帮助自己战胜那贪得无厌的蚩尤，从此平定天下，使百姓们都能过上和平安康的生活。

黄帝祈祷完毕后，就赶回了营地。

当晚，他在休息时，突然听到有人在呼唤他。

他睁开了眼睛，睡意全消——

在他的面前，站着一个妇人，她长着人的脑袋，却有一个鸟的身子。

她对黄帝说："你莫怕！我叫玄女，是奉西王母之命来助你战胜蚩尤的。你莫担心，只要有我在，那蚩尤就绝不会赢得这场战争的胜利！"

黄帝听后，喜出望外，连忙向玄女施礼，向她讨教克敌之法。

玄女告诉他，蚩尤的士兵以及巨人们虽然勇猛，但他们全都恐惧天上的雷声，如果黄帝能制作一面巨大的战鼓，其鼓声就可使蚩尤的部队感到心惊胆战，失去战斗力，而这鼓声也可鼓舞黄帝部队的士气，到时候，将士们齐心协力，就可将蚩尤的部队杀去大半。

黄帝忙问玄女，如何制作这面战鼓。

玄女便告诉了他制鼓之法：

在东海的流波山上，生活着一只叫"夔（kuí）"的神兽，它的模样像牛，却没有角。它会说人话，只有一只脚，身体为苍灰色。它常常出入于大海，每当它进出之时，都会伴随着疾风骤雨。它会发出雷一般的吼声，听到的人无不胆战心惊。

将夔杀死，剥下它的皮，然后再略作加工，就可用来制鼓。

只有制鼓的皮，依然无法制成那震慑天地的战鼓，因为还缺一把充满神力的鼓槌。

这鼓槌来自雷神。雷神又叫"雷兽"，它有龙的身子，却长着人的头颅。它住在雷泽中，平时喜欢拍打自己的肚子，每拍打一下，它的肚子就会发出一声响雷。

将这雷神杀死，从它的身体里取出一根大骨，就可当作鼓槌。

　　黄帝听后，急忙派出一队精锐人马，杀掉了夔和雷神，然后剥皮抽骨，制成了一面令任何敌兵都感到胆寒的巨大战鼓。

　　玄女见战鼓已做好，便向黄帝传授了很多克敌的兵法和阵法，这些制胜的方法使黄帝茅塞顿开。

　　玄女见黄帝已经完全学会了兵法和阵法，就准备升天而去。

　　临别前，她赠给黄帝一把宝剑。此剑透着逼人的寒光，锋利无比，有这把宝剑在手，黄帝便可所向无敌。

　　此时，黄帝的将士们因为有玄女相助，顿时

士气高涨，军威大振。

<h1 style="text-align:center">6</h1>

探子们向蚩尤报告了黄帝部队的一些模模糊糊的动向，比如看到一大群人在操弄一张巨大的皮子，比如士兵们连日来排列着各种奇怪的队形，比如增援部队陆续来到了黄帝的营地。

蚩尤当然希望能够尽快败黄帝的部队，但是黄帝部队的这些奇异变化，却使他变得越来越谨慎。可是蚩尤毕竟是蚩尤，他脾气急躁，天生就对胜利充满一种不可遏制的狂热之情。最终在敌情不明的情况下，他实在不愿继续等下去了，于是就集结所有的将士，准备与黄帝的部队决一死战。

一天晚上，蚩尤把风伯、雨师、巨伯以及几位兄弟召集到自己住的地方，与他们商量如何打好这次决战。风伯对蚩尤说："虽然黄帝调集了有熊部落的所有士兵，但我们有夸父族的巨人相助，所以不必过于谨慎，而应趁热打铁，一举消灭掉他们！"

雨师也对蚩尤说，别给黄帝任何喘息的机会，就在明日，就在涿鹿之野，集中所有兵力，与黄帝的部队大战一场，绝对可以击败他们。巨伯和那几个兄弟也认为不宜拖延，应该一鼓作气，与黄帝进行最后的决战，此战得胜后，就可平定天下。

蚩尤听众人说完后，显得极为亢奋，他大声道："各位兄弟，你们和我想的一样！明日，我们就在涿鹿之野与黄帝的部队进行决战，这片土地将成为流芳百世的伟大战场，打赢这一仗后，天下就是我们的了！"

众人都连连称是，接着便各自集结兵士，准

备决战。

这一日，蚩尤率领着大军，向黄帝的营地杀去。

只见蚩尤披着厚重的铠甲，手拿长矛。风伯和雨师在他的两旁，鬼怪兵团在右翼，树精、水鬼和石怪们个个都张牙舞爪，别说交战了，看着他们都会令人感到恐惧。夸父族的巨人们在左翼，身材高大的他们，有的拿着一块巨石，有的拿着一把锋利的大斧，就像移动中的群山一般。

士兵们在蚩尤身后排成严密的阵型，一时间，将士们的呐喊声响彻云霄，如山崩地裂。

7

应龙变为一条神龙，在天上时刻监视着蚩尤的营地，他早已将蚩尤部队的动向及时报告给了黄帝。

黄帝沉着应战，调集所有的部队，在涿鹿之野排出了一个奇妙的阵势。

阵前摆着那面巨大的战鼓——它放在一辆亮闪闪的金属战车上，战车上插着五颜六色的战旗，威风极了。

应龙盘旋在黄帝的头顶，黄帝则手握那把绝世宝剑，直指蚩尤部队杀来的方向。

只见尘烟滚滚，呐喊声一阵高过一阵，蚩尤的部队终于杀到黄帝的面前。

蚩尤挥舞着长矛，带领将士们，率先向黄帝杀来。

这时，对方的阵中，黄帝亲自抡起了鼓槌，敲动那面战鼓，瞬间，此鼓就发出了令人极为惊恐的鼓声，这声音就像最为可怕的霹雳声一般，

阵前摆着那面巨大的战鼓。

仿佛整个天地都被它震得晃动起来，据说即使是身处五百里外的人们也能听到这战鼓声。

蚩尤的将士们听到这鼓声后，都感到天旋地转，吓得失魂落魄，竟连手中的武器都快拿不住了！黄帝的将士们听到鼓声后，则士气大振，如同潮水一样向敌军冲了过去。

蚩尤依然勇猛，虽然那鼓声也使他感到心惊，但他很快就稳住了自己的心绪，继续奋力刺杀着敌兵。此刻，黄帝排下的阵势显现了威力，将士们突然组成了九个互相勾连的包围圈，其中又有五路埋伏，他们通力合作，牢牢将蚩尤的部队困在了当中。

夸父族的巨人们也被鼓声震得摇摇晃晃，大多失去了战斗力，现在又被两路敌军包围，不多时就纷纷中箭倒地。那些树精、水鬼和石怪，则被力牧带领的一路军队悉数射死和斩杀，战场上充满了撕心裂肺的哭叫声。

风伯和雨师早已被风后和炎帝带领的两队士兵活活捉住。

蚩尤的将士们被杀的杀、捉的捉，兵败如山倒，战局已毫无翻转的可能。

这时，只有蚩尤还在包围圈中拼死战斗着——

他的身上遍布敌人的鲜血，却依然咬紧牙关，一点儿都没有退却的想法，而且还在向黄帝所在的方向冲去。他的勇猛刚烈，使黄帝的将士们也由衷地感到了敬畏。

只见黄帝向空中的应龙招了招手，那应龙便心领神会，快速飞到了蚩尤的身后，向他喷出一股浑浊的泥水，顿时就将蚩尤冲得跌倒在地。周围黄帝的士兵急忙上前捉他，没想到，被泥水冲倒的蚩尤突然站了起来，用手中的长矛又刺死了十几个士兵。

应龙见此情景，便向蚩尤再次喷出了泥水，这泥水中掺着不少沙石，冲击力更大，一瞬间就又把蚩尤冲倒在地。黄帝的士兵见状，一拥而上，给他戴上了一副异常沉重的木枷。

涿鹿之野渐渐平静了下来，黄帝的部队赢得了最终的胜利，但面对着尸横遍野的残酷景象，黄帝并没有感到多少胜利的喜悦，反而为双方死亡的将士们感到了惋惜和悲伤。他暗自立誓，在未来的岁月里，自己一定要给天下的百姓带来永久的和平，使人们能够安居乐业，再不遭受战争的蹂躏。

戴着木枷的蚩尤则恶狠狠地瞪着黄帝，残阳的光辉打在他那长着两只角的头上，仿佛一团火焰正在他的面部熊熊燃烧着，显得悲愤莫名。

悲 歌

1

黄帝与炎帝以及属下们商量应该如何处置蚩尤，大家都认为应该将蚩尤斩首，因为这场战争是他发动的，双方的族人因为他的野心而备受战争的摧残，所以他不能得到任何宽恕。

商量完如何处置蚩尤后，黄帝便命令士兵将风伯和雨师押上来。

黄帝命人给他们松了绑，他明白两人只是为了部族的首领而与自己为敌，并非主犯，并且又天赋异禀，各有神通，所以他就宽大为怀，让他们以后继续呼风唤雨，为百姓调节气候，灌溉庄稼。

风伯和雨师听后，连忙感谢黄帝的不杀之恩，保证以后再不做任何有损黄帝之事，只一心一意为百姓降下甘霖，造福人间。

在刑场上，只见戴着木枷的蚩尤面不改色，高声喊道："黄帝，我不服！不服！如果不是有仙人帮你，我绝对落不到现在的下场！……有本事你放了我，我们各自召集军队，再战一场！我不服啊！……"

黄帝和炎帝在高台上看着这个对手，皆默不作声。

黄帝身后的风后向刑场上的两个刽子手一招手，那两人便合力用一把大斧向蚩尤的脖子砍去，可是他们砍了一斧又一斧，蚩尤的脖子却依然完好无损。

蚩尤哈哈大笑，抬头对着天空说道："哈哈哈，天不亡我！黄帝，你奈我何？"

原来，蚩尤的头颅极为坚硬，那大斧砍上去，就像砍在岩石上一般。

黄帝见此，就将玄女所赠的宝剑递给应龙，命他杀死蚩尤。

应龙领命后，拿着宝剑来到蚩尤身后，大力向他斩去，只听见一声巨响，蚩尤的头颅就被斩了下来，鲜血喷溅而出，那头颅在空中仍然大叫道："黄帝，我不会放过你！"

蚩尤临死前的高呼传到高台上的黄帝耳中，为防止蚩尤复活，他就将蚩尤的身体分解成六大块，分别葬在不同的地方。蚩尤身上的木枷，被

应龙领命后，拿着宝剑来到蚩尤身后，大力向他斩去。

扔在了宋山上，这些沾染着热血的木枷化作了一大片血红的枫树林，就像那个被鲜血浸染的残酷战场。

也有人说，蚩尤被杀后，他的鲜血流淌了三天三夜，都流到附近的一个盐池中，这个盐池叫作解池，池中的盐水为红色，被当地的人们称为"蚩尤血"。

2

黄帝带领部队击败了蚩尤，至此天下大定。

蚩尤被杀后，黄帝敬其勇猛，尊他为"兵主"，也就是战争之神的意思。蚩尤虽然死了，但他勇武的形象依然令人畏惧，于是黄帝将他的形象画在了军中的旗帜上，以鼓舞士兵在作战时就像蚩尤一样，能够英勇杀敌，宁死不屈，而敌人只要看到画有蚩尤形象的旗帜，便会心生恐惧，以至不战而降。

蚩尤不仅是九黎部落的伟大领袖，也是金属兵器的最早发明者。他作为一个勇敢的战神，一个野心勃勃的失败者，被人们长久地纪念、感叹和惋惜。

很难说蚩尤只是一个贪婪而残忍的魔鬼，他带领族人，开辟山林，走出蛮荒，可见亦有一颗爱民之心；他发明各种先进兵器，非智力高超者不能为；他率先发动战争，企图统一天下，成为共主，当然他的野心是主因，可是也不排除他保有一颗建立功勋的雄心。

宋山上那片血红的枫树林至今仍在北风呼啸中回响，仿佛还在讲述着关于蚩尤的传奇故事，这故事里有智慧和无畏，有权谋和杀戮，也有壮志未酬时所发出的声声悲鸣。